KB145774

솜틀집 막내아들

김병효

청정靑庭 김병효 시인은 강릉 출생입니다. (사)문학애 시로 등단 하였으며 현)한국문인협회 정회원이며 한국 문인협회 고흥지부 사무국장을 역임하였습니다. [시와 늪]과 [문학수] 정회원이며 현) 월간 [난과 생활]에 난시를 연재 중에 있습니다.

저서로는 [남색빛 들꽃으로 피다] [솜틀집 막내아들]이 있습니다.

김병효 창작시집
솜틀집 막내아들

초판 인쇄일 2021년 7월 15일
초판 발행일 2021년 7월 15일

글 · 사진 김병효
펴낸이 장문정
펴낸곳 도서출판 그림책
디자인 이정순 / 정해경
출판등록 제2010-000001
주소 경기도 수원시 영통구 이의동 웰빙타운로 70
연락처 TEL070-4105-8439 (010)2676-9912
E-mail : khbang21@naver.com

솜틀집 막내아들

김병효

두 번째 시집 시인의 말

긴 밤 한 줄의 글을 얻기 위해 수많은 꾸겨진 흔적,
안간힘의 부산물이다

뒤돌아보면 폭풍 속 밀려온 뭍에 오른
수많은 습작들
긴 지팡이의 그림자처럼 터널을 지나고 있었다

지난 세월
짓물렀던 많은 생각을 도려내며
채워지지 않은 여백에 발아된 기억을 채우며

시상을 빨아올려 부활시켰다

굳이 말하지 않겠다
철저한 숙명 같은 아픔이 올지라도
무지개의 한 줄의 퇴고를 위해…

녹슨 어둠,
밤새 어둠을 걷어 올리시던 아버님을 생각하며
한 줄 한 줄 모아 마음을 담았다

2021. 어느 여름날
김병효

김병효 창작시집

솜틀집 막내아들

솜틀집 막내아들

김병효

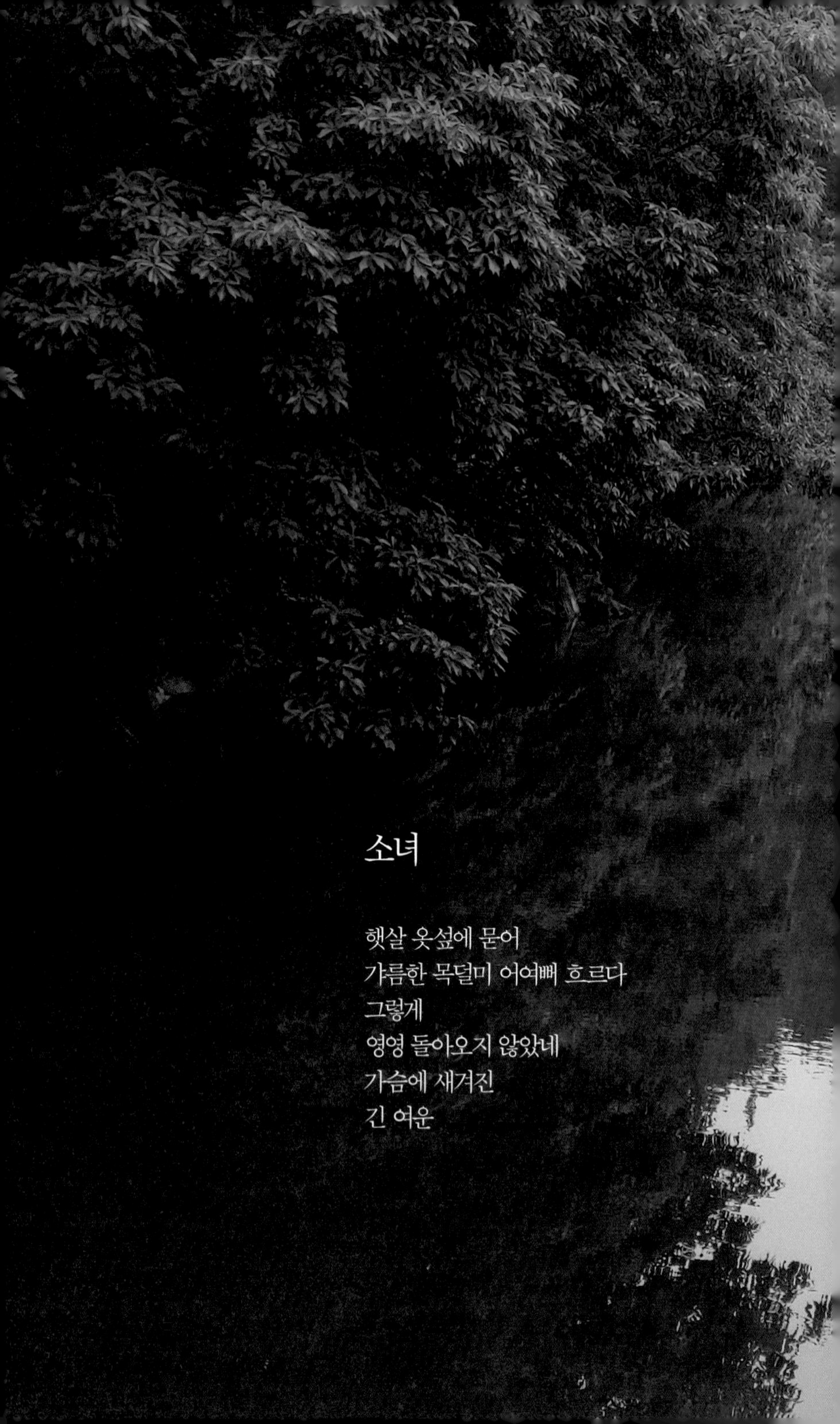

소녀

햇살 옷섶에 묻어
갸름한 목덜미 어여뻐 흐르다
그렇게
영영 돌아오지 않았네
가슴에 새겨진
긴 여운

절정에서

퉁퉁 부은 통증이
관절 속으로 밀치고 들어와

짧았던 하루

뱃고동 소리마저 지나쳐 가는
남성 포구
메꽃, 한창이다

쓸려간 썰물
발가벗은 여름날
조마조마한 땅 위에 하얀
연분홍빛 물들어
토할 듯 꽃으로 피어

세상 풀어놓은 수많은 짧고 긴
그 어느 절정에서
한 시절 방점을 찍는다

저 무욕의 눈빛이
아름답다

솜틀집 막내 아들

쭉 빼어 밀고 토해낸
수닭 소리 듣고서야
30촉 백열등이 눈을 감는다

또다시 새벽을 걸어가시던 당신
내 안에 소리 없이
쌓여가는 하얀 그리움에

보송한 솜털은
아버지 손자락에 뒤척이고
별은 시린 밤
소리를 멈추지 않았다

덜커덩
덜커덩

사르르 잠이 들고
아랫목 담요가 여물어간다

가을

밤새 부르다가 새벽이 오고
아니 오시는 임

가을 앓이

생각지 말자고
잊혀진 계절 하얀 거짓말처럼
눕다

뽀얀 수첩 속 그리움처럼
울컥울컥 토해내 지층에 툭 떨어진다

생명 다하는 마지막 절규의
풀벌레 울음소리가 처연하다

잘 가라 이 가을날
붉게 토하다 지쳐 죽을

된서리처럼 무너질
몹쓸, 썩을 병
또 그 속에서 다 젖는다

계절이 지날 때 마다

공터에 핀 저 작은 꽃도
멍울 하나쯤 겪고 나서야 진정한 아름다움을 낳는다
뿌리 깊던 들풀도 맑은 언어로 물들어 천지가 화려하다
풍경은 한시절 지날 때마다
시간의 농에 젖어 비어낸 듯 안광에 붉은 햇살을 모으고
절벽 밑 다랭이 논 늦은 오후
분주했던 새들도 풀벌레 소리에 고요하다
보내야 하기에 묶인 마음 어찌 못하여
몇 줌의 마른 가슴으로 서 있는 내가 더욱 고독하다
까닭 모를 하루가 제 이름 쓰지도 못한 편지처럼
낡은 부피로 온기만 가득하다

구절초

하늘하늘 여린 수줍음
엷게 여윈
섧도록 핀 하얀 그리움
아홉 마디 절절한 사연 남긴 채
심부름 다 마치고
이곳에 가을을 묻고 가노라

내 가슴에 달이 뜨면

휘어진 등이 삭아내린 지붕을
꾹 움켜잡고 어둠은 저린 관절에 스미어 활처럼 누워
있다

작아지지 않으려는 불빛이
기억 하나 녹슬 때마다
뇌의 깊숙이 잠긴 숱한 조각들을 더듬어
복기시키려는 자신이 붉다

뿌연 구름 속 달이 몰락하고
삭인 밤이 헛헛한 가슴 기대어도 좋을

어둠으로 남겨져 있다는 것은
아직 작아지는 내가 들키지 않아
조금 더 좋은 밤
꿈길인 듯 저 멀리 풀벌레 소리가
차가운 새벽을 부화한다

동백꽃

속 다 태우다
품어 안으니 붉게 멍들어
이내 뚝 떨어져
또다시 속태우는 서린 잔불

추광秋光

길을 짚어서 지나는 언저리마다
노랗게 물들이는 마타리 꽃 한창이다

토해내는 풀벌레 소리
달빛 한 줄기로 네 목소리 잠재우고
은밀히 다가선 가을은
언제나 채워도 채워도 차지 않는
빈 잔

채 떨어지지 않는 풀섶의
작은 흔적이 어둠에 섞인다

소리 없이 흙냄새로 몸 부비는 햇살은
비 걱정 안 해도 좋을 한낮
내 아버지 지갑 속 막걸리 푼돈처럼 넉넉하다

너라는 이름으로

가을 소리가 그리운 건
아픈 여름의 기억을 지우려는 까닭입니다

하얀 무서리 등에 얹고
유난이 찬 새벽바람에
상처 하나쯤 감추어도 좋을 파란 가을 하늘
말간 허공에 안부를 묻습니다

살을 저미는 초침 소리는
지난 기억 까묵까묵 점점 엷어져
이름 모를 목매임으로 다가서려는 까닭입니다

마음을 다 내려놓은 풍경들 사이로
낯익은 모습들이 울컥울컥 또 하루를 씹고
너로 하여금
붉은빛으로 더 붉어져
이제는 황홀한 꿈처럼 이 아침을 맞이하려는 까닭입니다

시월

살다가
미치도록 울어본 적 있었던가

설익다 떨어진 과일 하나
풋내 가득했던 모진 시간
내 어찌어찌 못하여 제 그림자 지우며 홀로 가는 밤

새벽 내린 길섶
고마리 꽃 작은 몸짓 하나로
그 자리에 무작정 서 있으면 좋겠네

여름날 옴팡진 긴 기다림
서릿밤 울던 귀뚜라미 소리 성글기 전
나 언제쯤 너처럼 죽도록 한번 울어볼까

또다시 아니 올 이 밤
그래서 더 아프다

불일암*

등 돌려 가는 그림자는 아름다운 이별을 갖기위해 또 오늘을 잃어간다

이별 아닌 이별로
수천만 번 지우며 지났을 언덕
꽃빛 사그라지고
길섶 분분히 지던 들꽃도 아파했을
이 길에 나 홀로 걷고 있네

바람 머물면 고요가
덫을 내리고
대숲 햇살은 홑청 이불 허물 덮은 듯 온기가 따뜻하다

빈 여백에서 거룩하고 성스런
이의 숨결을 담는다
적막의 고독 속
잠시 비우고 내려놓고 가나니

*불일암
전남 순천 조계산 송광사에 있는 불일암은 법정스님께서 17년 동안 홀로 머물며
"무소유"를 집필한 암자

고백 / 효진이야기

- 효

믿어주고
내 이야기 들어 준 단 한 사람

너로 하여
귀 깨어나고 가슴 뛰어
절절히 사랑을 알게 한 사람

창가,
보슬보슬 눈 내리면
너의 언어로 내 빈 가슴 채우며

너로 하여
이 하루하루를 호주머니 속
사랑 가득 찬 희망을 담습니다

- 진

한결같은 꽃걸음은
당신 향해 달리네요

콩닥이는
마음 끌어안고

매시간 당신 안에서
숨 쉬는 하루하루가

행복이고
소중한 선물입니다

그래서 부재중

굶주린 하루가 차가운 팔죽을 핥는다
귀퉁이 몰래온 바람은 휑하니 맴돌다
골목진 자리
세월을 꾹 눌러 지켜온 흔적은
노점상 할머니의 바랜 주름살을 스치며 한낮을 거닌다
물받이 밑 파르르
달개비 꽃 한 송이 빙그르르 미소로
환하고
가을은 한차례 꽃 치장으로 한참이다
야윈 달 속
가을은 지금 울기 시작한다
귀책사유 없이 이별 되는 시간
긴 여행이 시작되고
한 걸음 한 걸음 걷는 그 길은 언제나 부재중이다

져 버린 뒤

모자라서 비워진 가슴은
목마름에 허덕이다
한 계절 앓고 나서야 바스러졌음을
물방울 한점이 바람에
후두둑 떨어져 원을 그린다

꽃잎도 어느 정점에서 초연히 불사르다
움켜진 주먹을 펴고서야
비로소 제 몸을 뚝 떨군다
자태마저 헝클어진 초록들도
가냘픈 떨림으로 하늘거리다
마지막 흔적마저 지우고

섧도록 잠들지 못하는 밤
빈가지 마다 이름 모를 목멤에
바람이 운다
산자의 파란 이불처럼
돌아서면 쓰린 가슴 새기며 울컥울컥 게워내며
오늘 내가 절박하게 놓친 주파수를 찾는다

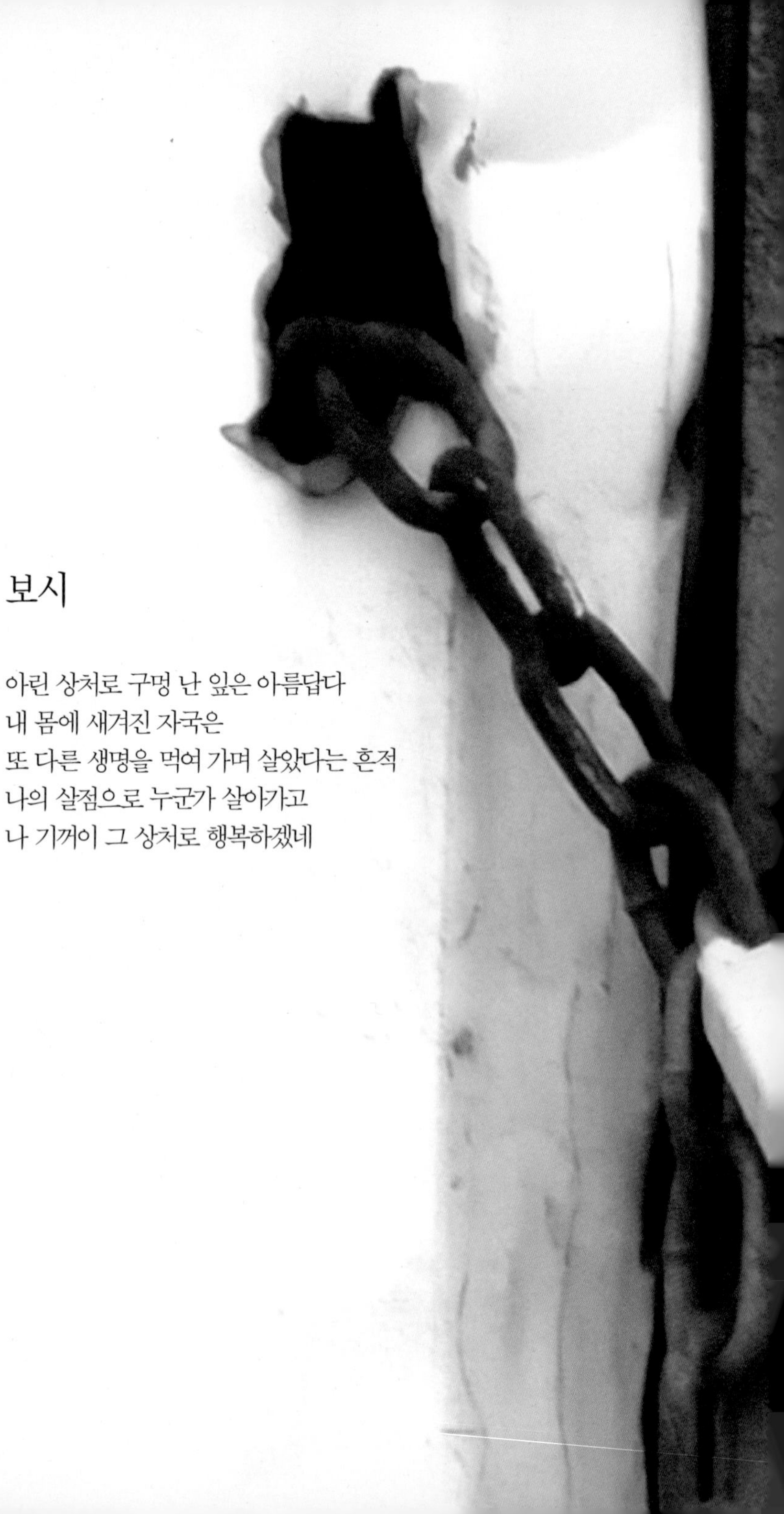

보시

아린 상처로 구멍 난 잎은 아름답다
내 몸에 새겨진 자국은
또 다른 생명을 먹여 가며 살았다는 흔적
나의 살점으로 누군가 살아가고
나 기꺼이 그 상처로 행복하겠네

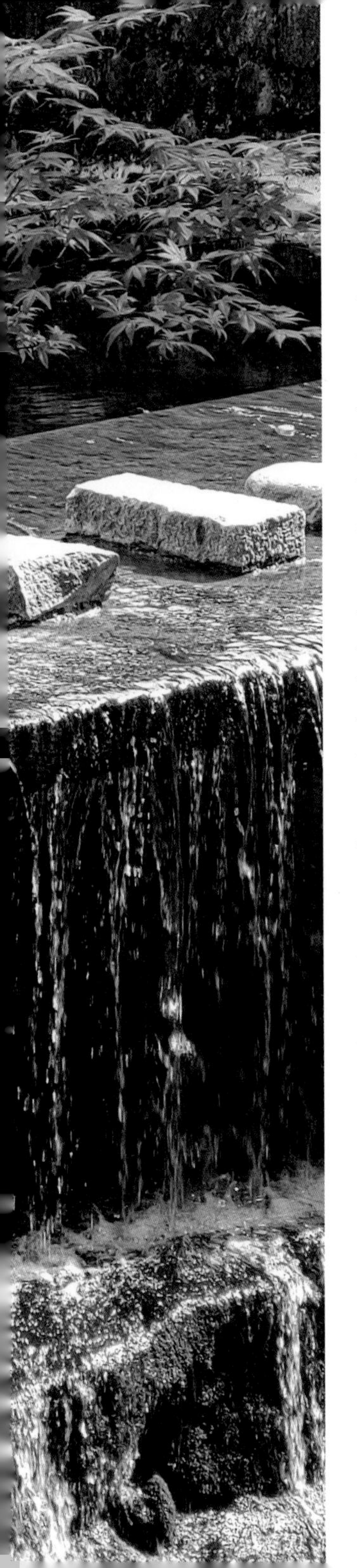

터

논 섬 메마른 돌 틈 사이
치렁치렁 쑥부쟁이 낯빛이 환하다
한 자락 바람이 낮달을 끌어 덮고 낡은
생각들이 발아래 망각 되어 사라진다

그 오래전 강물이 흘러
푸르름으로 화려했던 논밭들
한때 옹기종기 꽃처럼 아름다웠던
마을의 사람들은 사라져
당산나무 홀로 한낮이 외롭다

묵전밭 새들이 날아오른다
힘차게 오른 만큼 고독해졌던 몸짓
생애 보내지 못한 마음들이
내 안 소복히 쌓여

종일 찾아주는 이 없는 녹슨 대문
비가 와서 더 슬퍼
쌓여가는 편지 뭉치가 벌겋게 붉다

오늘은 비

그냥, 그자리에서 온몸 다 젖도록
기다리고 싶은 너

열화정悅話亭*

소담한 담 모퉁이 취할 듯 붉게 물들어

길섶마다 여뀌 꽃 흐드러져
그 향기 바람에 얹어 가는 길
졸졸졸 개울 소리 발걸음 재촉하네

돌계단 계단마다 한 생의 그림자가
거룩한 돌꽃으로 피어올라
또 다른 풍경으로 되살아나

누마루 처마 밑 연정이란
현판이 시간을 덧대어
나, 사나흘 누각에 묻히다 떨어지는
빗물에 너의 안부를 묻는다

*열화정 - 전남 보성군 득량면 오봉리에 위치한
이진만이 지은 정자로
"친척과 정이 오가는 이야기를 나누며 기뻐하다"라는
글을 따서 지은 이름

백련사

내 안에 미움 하나
내려놓고 갑니다

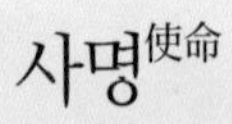

사명使命

태어나 절절하게 꽃 피웠을
빈 가지 사이로
파닥거리는 햇살 한 줌

십자가 불빛 아래
우수수 낙엽 떨구는 바람이 지나
콕콕 박히는 색깔이 빗물에 젖은 안부만큼
그리운 날
또 다시 불거져

바스러질 이별
내 허한 가슴 하얀 무서리 내린 들녘에
억새 하나로 서 있는 까닭입니다

내가 그사람 앞에 서면
자꾸만 낮아지는 까닭을 이제는
조금은 알 것 같습니다

몇 개의 시린 계절을 지나고서야

봉래산

한 남자가 완전변태를 꿈꾸며
정상을 향해 헉헉대고 있다
늘 목말랐다

오르는 숨소리만큼 심장에서 토해낸 피톤치드는
오후 2시경 산등성이를 넘고 있다
산은 내딛는 자를 위하여 절창의 바람 소리로 발걸음을 재촉한다

더는 죽을 수도
더는 함구 할 수 없는 몸짓
패인 관절통처럼 게워내고 비워
참아낸 견고한 바위는 오늘처럼 그저 묵묵히 세월을 지킬 것이다

짙은 안개가 햇빛에 말려지면 그때야 제 속살을 다 드러내고
비경을 허락하는 산

영토의 끝자락은 언제나 긴장을 놓지 않는다
우주를 향해 솟아오를 0초의 찰나를 위해서

봉래산*
- 전라남도 고흥군 봉래면 외나로도에 있는 산으로
산자락에는 나로우주센터가 들어서 있다

그 사람

돌아서면
금세 보고픈 얼굴
당신이라서…

하얀 고무신

예순이 되고서야 그 길을 나섰다
시린 겨울바람은 긴 강줄기에 누워
동면으로 잠들고 있었다

그 시절 가난은 죽기보다 힘든 시절
어머니는 20살에 청상과부가 되신 할머니에게
어린 자식을 맡겨두고 나가버렸다

옥수수 죽 한 끼 끼니에 잠들던 숱한 나날들이
흘러가고 도시로 나간
아이는 대학생이 되어 할머니가 돌아가셨다는 소식을 듣고
고향에 찾았을 때 편히 잠드신
할머니 머리 위에는 예전에 사다 준
하얀 고무신이 고스란히 놓여 있었다

얼마나
긴 세월 손자를 기다렸을까?

관 하나 살 돈 없어 추운 겨울날
하얀 고무신과 함께 시린 땅으로 보내드려야 했던
젊은 시절 영혼이 가슴에 지울 수 없는 아픔이었다

새벽이 내리는 산자락
손자만 애타게 기다리시던 할머니 묘에는
갈색 풀잎에 하얀 서리꽃이 피어나고 있었다

그래서 더 아름다운

능선이 자벌레처럼 꿈틀거렸어
숲은 선연히 멍울로 붉게 채워져 허공에 흩어지고
척박한 땅

밟히고 차인 자리마다 또다시 뿌리 내려
하나의 꽃으로 피기까지
또 얼마나 많은 것을 잃고 좌절했던가
세상사
울컥울컥 했을 일 없었다면
진정 꽃피웠다 하겠는가
저 맑은 영혼에 바람 한 줄기로 다가가
마음 맑아 그냥 한나절 너만 바라만 볼련다
낮아져 하늘이 보이고
그래서 내 이름 불러주지 않아도
좋은 씨앗 하나로 남고 싶지

청풍명월*淸風明月

한 스무날
속병처럼 불거져
화르르 떨고 있는 색들이
강물에 그림자로 누워
또 다른 빛깔이 흐르고
그 풍경 하도 고아
멍든 눈빛 넋놓고 바라보다
우수수 떨구는 바람에
화들짝 놀라 정신 차려보니
물길 육백 리 노을만 섧도록
절절 흐르네

* 청풍명월
맑은 바람과 밝은 달이라는 뜻으로 결백하고 온건한 성격을 이르는 말
제천시 청풍면에는 이 단어로 도로 이름을 지은 청풍명월로가 존재한다

가슴 앓이

그 눈빛이 너무 뜨거워
소멸의 순간 황홀한 빛이 붉다
삭이지 못한 바위도 더 검게 물들고
능선 안은 안개도 하얗게 물든다
푸르름이 차라리 어색한 까닭
해가 뜨면 숲은 된서리 마냥
제 몸 숙여 붉은 고향으로 서둘러 돌아간다
한 계절 향수병처럼 앓다
오금 시리게 다 내려놓는 것이다
저리도록 견디기 힘들었던 시간
이젠 너도
노랗게 탔던 그 마음
다 놓아라 두어라 천천히 가거라
등 떠밀고
찬란한 시절 낙엽 되느니
저 심지 깊은 나무들은 오롯이 하늘 향해 제 몸 숙이는 까닭이다

마음의 숲

새벽어둠
결박당한 산들은 울컥울컥
안개를 토해낸다

낮게 숨죽인 능선은
어제의 포화(砲火)를 잠재우고
짓눌린 고요로 겹겹이 쌓여 꼼짝없이 회색빛에 유배당한다

발아래 낮 그림자 서서히 지워지면
짓무른 마음 조각들이
그 어디쯤 돌아누운 채 되살아나
잘금 잘금 읽어가고

쉬이 돌아갈 수 없는 시간
더 붉어질 수 없는 겨울보다 얇아져 가슴에 가을 냄새가 짙다

길 위의 인생

늙은 어미는 네팔의 짐꾼이다

히말라야 등고선 위
걷고 또 걷고
주저앉다 넘어지고 쓰러지기 수만 번의 고통을 참으며
기를 쓰고 오르다

저린 무릎의 통증이 북극의 한파처럼 시리다
참다 참다
참았던 눈물이 왈칵 터져 나온다
그리고 오래오래 울었다

늙은 어미로
고통을 짊어지고 오르는 일
그녀가 두려운 건
자식 하나 학비를 마련하지 못하고
멈추는 압박감

어미는 오늘도 천근 같은 무게를 등에 지고 오른다
가야 할 길 기꺼이 붉게 오르는 태양을 핥으며

당신은 인류의 어미다

효진 이야기

\- 효

한 자락
그리움을 꽃신에 담아
너에게 가는 길
홍조 띤 미소 몰라 몰라
부끄러운 그대
서산에 노을 지네

\- 진

노을진 바닷가 나란히 앉아
그대에게 살포시 기대어 보는
꿈에 젖어보네요

먼 훗날 그 노을
주머니 풀어놓고

울고 웃던 추억 꺼내어
그대와 마주 보며 미소 짓고
싶어요

유지향 풀어지는 밤

찬 서리 덮인 풍경들이
희미해진 기억으로 되살아나
무성한 개망초 꽃처럼 피어나고
사선처럼 엉겨 붙은 능선은
빠르게 붉어져
억새 숲
가늘게 비워 요요寥寥할 뿐
세월은 질긴 그리움처럼
하얗게 져버린 채 빨갛게 익어
고된 노동이
천근같이 어깨를 짓누르는 밤
별빛 사이 밝은 달빛 아래
쉰하고도 아홉의 초겨울은 점점 깊어져
사르르 그림자로 멀어져
오늘 하루 그 열망이 평화롭다

껍데기의 비밀

벗어 놓은 텅 빈 공간
선명했을 열닷새의 흔적
작렬했던 외침은
하늘 가득 맴맴 맴돌다
계절 어디쯤
쭉정이 속 이명(耳鳴) 마저
차마 망각하지 못한 채
매달린 허물 안고 한 시절 간다

지금

시를 먹고 있다
이렇게 배불리 먹다 활자에 묻히련다

종이벌레처럼

결실

조롱조롱 구워지는 한낮
제 몸 향기로 태어나기까지 파닥이며 셀 수 없었던 낮과 밤
종일 가위질로 등줄기에 땀이 흐릅니다
노랗게 닮아가는 한 남자
그 남자는 종일 노란 별을 따다
지천으로 황금빛 수놓고
넘치도록 배시시 웃는
수확의 기쁨
8월의 태양도 이보다 뜨거울까요
오늘 잠시
흑백처럼 무거웠던 짐을 잠시 내려놓고
걸걸한 막걸리 한잔에 취했습니다
비 내려도 근심 안 해도 좋은
오로지 행복한 하루입니다

아버지의 흔적

가을 하늘
언제나 낯설다

태풍 지나간 자리마다
상처의 흔적들

아린 시간

못다 여문
나락* 움켜잡고

노을 진 들녘 홀로
가을을 꿰매고 있다

*나락 - 벼 방언

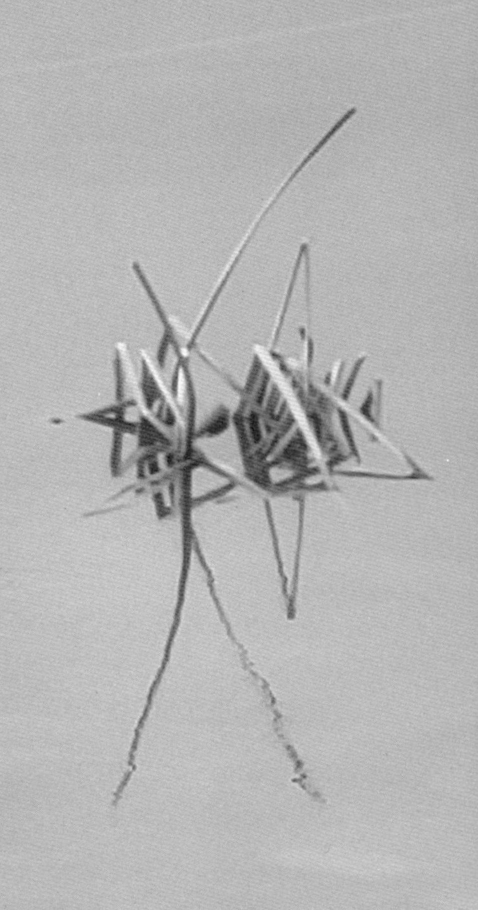

빗물에 그려진 향기

얼룩져 새겨진 벽에는 어느 일생이 살아있다
오래된 향기가 기억으로 살아나
수 많은 세월 동안 벽 속에 뿌리를 뻗어
시간의 향기로 자라는 것이다

습할 때면 침묵으로 되살아나고
그 어디쯤 당신이 있고
나는 그곳에서 너의 향기를 탐한다

거미줄 엉켜진 구석진 자리 새벽이 돌아눕고
비가 내리면 또다시 그려지는 손끝이 붉다

내 안에 스며드는 오묘한 벽에
새들이 날아오르고
휘어진 가지 끝마다 피어나는 꽃

어릴 적 살았던 집 벽에는
아직도 가슴에 그윽한 흙냄새 붉다
시간 속에 닿을 수 없는 동안

손톱 밑 가을이 물드면

싸늘한 어둠은 겨울보다 먼저 도착해 물안개로 피어올라
새벽 모서리에 기대어 한 폭 풍경으로 되살아난다
밤이 지나는 숲
감국 흐드러진 노란 하늘가
한차례 바람이 지나가고
참새 떠나간 빈 들녘 허수아비 홀로 외롭다
바스러지고 비워내는 이별은
말라버린 풀잎처럼 또 얼마나 가벼운지
이삭 여무는 만큼 불안하다
홀로 찾아온 새벽 강은 언제나 평온해서 참 좋다
강가에 손을 담그면 나도 모르게
붉게 물들어 하얀 안개로 오르고 싶었다
아무도 모르게

부모

꽃진다 꽃진다 애타는 마음
한순간 지나버린 세월
차마 그 길 걸을 수 없어
뒤돌아 걷던 시간
가끔 많이 그리워 밤새워
뒤척이다
향기도 빛깔도 저만큼 두고 온
그리움 한 웅큼

텁텁한 허기

진흙에 제 침을 뱉어 집을 지어
한시절 품다 계절이 바뀌면 미련없이 떠나는 제비
텅 빈 공간 한참이나 그곳에
시선을 떼지 못했다
소유란 이 세상에 어디에도 존재하지 않는다는 것
우리는 헛된 꿈인 줄 알면서도 착각하며 살고 있지
느닷없이 파고드는 바이러스 앞에
속수무책으로 갇혀
개가 아닌 사람이 개처럼 집을 지키는 신세가 되고
그때야 풋과일의 허기처럼 종일
마음이 허하다
향기로 꿈을 꾸었을 저 나무처럼
언제쯤 영근 과즙처럼 다디달까
아직은 아니라고
가지 끝 필사적으로 움켜진
유자 꼭지를 당기는 내가 부끄럽다

나지막이 풍경이 흐르다

솔숲, 파란 바람이 불어와
처마 끝 은은하다
목어의 비릿한 냄새 하늘거리면
일제히 산새떼 오르고
종은 먼 능선 파열된 허공을 꿰매다
포근히 안는다
투명하고 깨끗한 영혼으로
내 마음 바람으로 파문이 일고
또 한 번의 업보가 거쳐 가
마음 구석 찌꺼기마저 비워내
밤새 풀어놓은 인연 몇 겹의 소리 듣고
나 비로소 깨닫는다
새벽빛 능선에 오르면

내 가슴에 달이 뜨면

그 옛날 따뜻했던 사람들은
다 어디로 사라졌을까
긴 겨울
애벌레의 부화를 기다리는
침묵의 시간
고향 울타리처럼
한 줌의 그리운 세월
시간과 공간을 챙겨 끌던
바퀴는 홍질목* 넘어
내 가슴에 되새김질하고
사라져버린 따사로운 너울들
문득 돌아보니
이름마저 하얗게 지워져
손때묻은 지갑보다 내가 잃어가고
다른 시간의 사람들뿐
기억의 목소리는 돌담길에 서럽게
허공 하나가 걸려 있네

*홍질목 - 강릉시 연곡면 방내리에 있는 고갯길

12월

마른 꽃들이 다른 풍경으로 되살아나
어디쯤 숨겨둔 지문같이
생의 우러른 고해는
온기 잃은 창가에 젖은 침묵으로
새벽 한가운데 서 있다
빗물에 또렷해지는 비문
우묵한 곳마다
발자국은 더 선명해져
언제나 끝자락에 설 때마다
속부터 먼저 흥건히 젖어온다
몹쓸 질병 같은 나이가
가책 없이 휑하니 지나간다
망설이다 때 놓친 미련처럼

고백 / 효진이야기

- 효

당신으로 사랑할 수 있어서
고맙습니다
가슴 시린 날 함께 안아주고
토닥토닥 그대 손길로
참고 기다릴 수 있었고
이 하루
매만지며 저물어 가는 한 해
함께 하기에
언제나 햇살 같은 그대의 눈빛은
나의 행복입니다

- 진

당신으로 진실한 사랑을
알게 되니 고맙습니다

함께 울고
함께 웃고
함께 꿈꾸는 우리,

당신을 알게 되고
당신을 사랑하게 되어
나에게는 소중한 축복입니다

콩닥거리는 심장
오늘도 당신을 향해 고운 꿈
보듬습니다
사랑합니다 그대를 …

산은 너를 탐하지 않는다

육체와 영혼이 맞닿은
주름진 능선 위로 갈까마귀떼 오르고
바람은 긴 동면 속으로 잠든 산자락에
허공을 교접한다

거친 숨소리
오르는 길마다 주저하지 않고
가도 가도 끝없는 저 길로
내가 디뎌 새겨진 이정표로
또다시 되새김질하고

언제나 가장 높은 봉우리에 다가서면
외로운 바람만 휑하다

쓰러지는 고요는 또다시 눈을 떠
발부리에 그림자처럼 드리우면
산이 내려앉는 어둠 속
별빛이 정수리에 깔리어
내 가슴에도 커다란 산이 자란다

꽃무릇

어찌 이 마음 알랴
붉게 타는 핏빛 심장, 검붉어 아프다

당신이라서

나 온전히 다 비워 행복하나니
당신으로
해가 뜨고 밤이 깊어갑니다

바람 스쳐 시린 달밤
외로운 사람들은
저마다 어디론가 사라지고

조용히 우러르는 약속처럼
먼 곳,
다가설 것 같은 발걸음 소리마저
또 하나 지니는 밤

처연한 달빛 난간
홀로 외로워

얕은 입김 뱉으며
그대라는 이름 앞에
밤이 새도록 서성입니다

달콤한 어둠

붉은 십자가 위 달빛은
정적 속 홀로 슬프다
울컥울컥 토해내고

빈 가지 지나는
북풍의 거센 빛깔, 아직
삭이지 못한 달빛은
서린
성애 낀 쪽창에 스며들어
홀로 던져진 이 빛이
미치도록 아름답다

내 어머니
고등어 굽던 왕재골
정든 고향 빛 아련하여
달은 제 몸 부풀어
들숨 속으로 내려놓네

이 하루가

까치밥 한 생 다하던 날
한해의 수고로움으로 충만했네

어제 대문 밑 두고 간
빨간색 시집 한 권
나 여유로워 행복했네

오늘내일 모레 긴긴날
그대 그리워하는 일은
언제나 눈물만큼 행복하나니

하루 한 걸음씩
못 다 준 날들로 행복하겠네

풍경 하나 달아놓고

오후 2시, 부푸는 고요 속
작은 암자 마루 끝에 걸터앉아
스며드는 햇살
시간의 숨소리를 담습니다

텅 빈 가슴
거듭나려는 갈망을 억제하며
미움으로 일고 간
파문의 흔적을 지우고
마음을 일깨우는
맑고 투명한 풍경소리로
나를 잠재웁니다

내 마음
빈 허공에 달아놓고
잠시 눈감고 귀 기울다
나 이렇게
조금만 기대다 갈게요

사양도*

사선 끝자락
동트는 섬 하나 있다

무심했던 날이
누군가는 생의 절실한
마지막 날이 되듯

바람, 햇살도
절실히 다가서는 섬

꼬옥 기대어 한 시절 빈곤을
파도 소리로 달래던 섬

그래서
이 섬에는 바다도 갈매기도
착해진다

부표가 섬을 지키고
서편 몇 그루 당산나무가
지나간 시간을 짭조름하게
소환하는 섬

바라보는 것으로 충분한
언제나 고독한 빈자리가 늘
차갑다

수채화 같이
저물어가는 섬

하나둘 불이 켜지면
가슴 속
섬 하나가 자란다

*사양도

전라남도 고흥군 봉래면 사양리에 있는 섬.

고백 / 효진이야기

나지막한 숨소리로 내게 다가선 그대
세상은 온통 당신뿐이었죠

심장이 멈출 것 같아
숨조차 쉬기 힘든 순간 난 알았어요
그대 안에도 온통 내 생각뿐이란 걸

그대는 지금도 내 안에 운명처럼 살아요
소리 없이 쌓여가는 하얀 숨결 위에

나의 당신으로

져버린 약속

사람보다 그림자가 더 지친 날이 있다
여린 잔설,
지난 기억이 궤적처럼 되살아나 눈 시린
하루가 가슴 가득하다
유독 이 겨울이 긴 이유
마음 가둔 시간이
피지 못한 꽃보다 고단하여 바닥으로
깊숙이 눕는다
아직 떨치지 못한 잎처럼
가슴 가득한 생각과 욕망으로
구부정한 오후 햇살도 불온하다
마스크 가린 무표정한 거리
또박또박 읽어지는
슬픈 목소리
옹이 같은 숫자 1,072명
뒤틀려서 도려내야 할 절규
또 가두어 놓은 하루가 멍들어 아프다

겨울 강

살결을 스치는 바람은
뜯겨나간 기억을 더듬어 홀로
강가에 스미어
심중에 어느 이름 하나
내 가슴에 여울져

오랜 세월 굽이굽이 흘러
지독한 고독으로 무성한 갈대숲에
지쳐 쓰러져 눕고
저문 오후
황혼빛 호숫가
물새들은 옥빛 물결 위 제 몸
그림자로
무채색 음영을 그려놓았다
강 건너 희미한 연기 올라
스르르 잠들면
밤빛은 물결위에 부서져 내린다

고백 / 효진이야기

너를 가두는 밤
당신 안에서 사르르 녹고 싶다

- 효

이 밤,
그대 품에 안겨 달콤하게 녹고 싶어요

- 진

풀뿌리

여백 속 날카로운 펜 끝,
문장이 태동하다
가야 할 길 위에
불멸의 언어가 몸부림치고

꽁꽁 얼어붙은 강물 밑
고요함은
일어서려는 간절함이다

별 내린 밤
잔설 깔린 긴긴 이랑마다
결빙된 낱말들이 가슴에
화사花蛇처럼 꿈틀거린다

화려한 퇴고의 날갯짓,
지금 내 안에
갈망하는 내가 일어선다

고백 / 효진이야기

내가 당신에게 향한 마음
얼마만큼인지 당신은 모르지
오로지 당신을 사랑하는 마음
온전히 내 것이라서
당신이 지금 내 곁에 없을지라도
난 괜찮아
당신에 대한 사랑 차고 넘치니까

연곡*

내 것이 아닌
내 것이라

주워 담았던 긴 세월
어찌 이토록 길었더냐

빈 가지 스쳐 간 바람아
이리도 모질었더냐

흘러가는 강물은
말없이 흘러가는데

이 몸 향수에 잠기어
정처 없이 떠도네

아 -
그 세월 길어 길어서
나 이제 가려 하네

내 어머니 꽃 같았던
그곳, 그곳으로

*연곡
강원도 강릉시에 위치한 면

이름 하나

가령, 함께 있어도
더욱더 그리울 때가 있지
사랑이 차올라
울컥 눈물이 날 때도
때론 향기로
때론 시린 발자국으로
언제나 옷섶에 넣고 싶은 사람
당신으로
사랑이 황홀할 때마다
보랏빛 심장에
묻어두어야지
내 마음도 이런 데
오죽할까 당신은…

납작한 침묵

청동빛 새벽이 잔설처럼 사라져
비로소 깊은 잠에서 깨어나
물 위로 오를 때
내가 내 안에 생명이
움트고 있다는 것을 알았다

살아서 고독한 삶
생존 본능에서 살아야 했던
밥 한 숟가락이 먹이 사슬처럼
지나간 시간이 차갑다

허기진 등뼈가 어둠에 쓰러지고
가슴 닫고 누운 겨울 강은
긴 계절 동안거에 들어
질긴 늪을 만들고 억새를 키웠다

거기 고요 속
손금처럼 피어오를 생명들
움츠려있는 가슴이 붉다

눈빛

그 빛깔 너무 고아
주저앉아
가만히 들여다보니
향기마저 은은하다
당신이 그래,
그거 알아

낯선 이방인

각질처럼 굳은 하루가 회색빛에
꾸역꾸역 눕는다
억눌린 묵언의 한낮,
지난 밤 맹추위에 견뎌온 파리해진
당산나무 한 그루
저버린 잔상을 윙윙 꿰매고 있다

마음 이는 상념을 내면에 가두어
헤아릴 수 있을 만큼 남겨두고
몽땅 접기로 했다
사선으로 걸린 추한 찌꺼기들
모든 것들이 위태롭다

의연하게 걷다 불현듯 다가서는
깨진 유리조각 같은 하루가
반 토막 나 말라져 가는 지렁이 몸통처럼
필사적이다

오랫동안 간직하며 살아가야 할
운명 같은 아픔 상처,
몇 번을 겪어야 웃을 수 있을까

왈칵 차오른 눈물
무심히 걷다 멈추어선 건널목 빨간
신호등 위
희미하게 비추는 낮빛이 창백하다
쓰러질 듯 환장하게 슬퍼서
무너져내린 운명 앞에

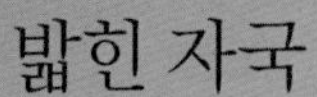

밟힌 자국

또 잃고 베인 자리마다 푸릇푸릇 잎은 되살아나고
소박한 향기로 부추 꽃 한창이다

예고 없던 비가 새벽을 적시고
바람이 닦고 지나간 자리
위태위태한 새벽은 하루 시작에 신경을 곤두세운다

마음마다 한 다발씩
소금 절인 한 세상 살아가지만 그래도 바락바락
악을 쓰며 살아가야 하는 현실

힘 다하여 와락 희망을 안고
빈 껍질만 뒹굴어도 우리가 아름답다

저 여린 꽃들도 그냥 피더냐

구름 한 조각

질긴 터*
기댈 틈조차 주지 않았던 처연한 삶이
흐릿한 그림자로 덧대고 덧대어
선 채로 버겁게 버티고 있다

툭 튀어 오른 정강이뼈 통증
또 하루가 모질게 질겨,
시린 땅거죽 마냥
굽은 어미 등처럼 버티어
바스러질 몸을 움켜잡고 있다

한 시절 낯선 나날들
세상 소리가 서편 가득 다가서
기억하고 싶지 않은 기억들
아플수록 단단해진 살빛이 붉다

터* - 집이나 건축물을 지을 자리

목어木魚

파리한 생명
제 몸 두드려 비워,
긴 떨림의 소리

어떤가
오르는 자여
한 말씀 놓고 가시게나

그래,
깨닫지 못한 내가 죄다

금요일의 약속

또 하루가 정체성을 잃어
발아래 깊숙이 가라앉는다

댓돌 밑 억눌린 햇살은
눈 꼭 감아 하늘 향해
아주 천천히 되새김질하고

안부조차 외면해 버린 현실은
처마 밑 낙숫물 되어 똑딱여
마침내 너에게 다가섰다

안 간한 삶
덧칠할 무엇이 필요했을
약속은 망각한 채
가슴에 성애만 가득 차 있다

행복하나니

정든 이 길
오늘도 걸을 수 있으매 행복이더라

마음이 아파 살기보다 힘든 시간,
지혜와 용기로 슬기롭게 지나니
이 또한 기쁨이더라

그렇게 주어진 하루가
소중한 선물로
작은 행복으로 넘쳐
그 순간순간이 천국이더라

비롯, 가난일지라도 토닥이며
누군가 함께 걸을 수 있다는 게
최고의 축복이더라

새롭게 태어나는 이 절정으로

그 계절 위로

바람이 말린 착상된 빛은
설어버린 기억처럼 초연해져
각질처럼 딱딱한 시간 속으로
사라져 가
바람에 낡은 소리로 펄럭이고

동백꽃 떨군 다음 날부터
매화 꽃망울 또렷해져
남쪽으로부터 나비가 깨어나
오른다는 소식 분분해
파르르 꽃씨 날려 새싹 오른
꽃다지에도 봄은 꿈틀거린다

탄식처럼 새겨 놓은
해묵은 갈증은
아직 오르지 못하는
철새의 몸짓이 예사롭지 않다

뿌연 풍경 너머
낯익은 모든 것들이 어느 찰라
앙다문 그 속내, 몽우리로
툭툭 터져
열릴 듯 말 듯 수줍게 붉어진다

내 시선이 닿는 곳

한발 한발 땅을 딛다

산 아래 밤새 웅크린 풍경,
태양은 홑청 같은 잔설을 걷어 낸다
가파른 능선
숨은 차올라 혀끝이 껄끄럽다

하늘과 바람이 문을 열어
긴 시간 견고한 땅속
들풀은 빛의 파장으로 꿈틀꿈틀
생명줄을 자극하여
오르는 너의 심장도 뜨겁다

주문처럼 다가서는 햇살 한 줌
호숫가에 잠긴 한 컷의
동화같은 그림자가 아름답다

갈까마귀떼 오르고
찬란한 빛 아래 저 황홀해지는 눈빛
풀잎 이슬 매달듯 오롯이
이 아침이 행복이다

파랑새의 날개짓

감추고 싶었던 녹슨 흔적은
지난날 검푸르게 벗어낸
견고한 흉터다

먼지처럼 쌓인 허탈한 감정은
기억을 멈추고 너를 기다린다

가끔은 누구나 힘겨운 날
긴 그림자에 바코드를 새겨 놓고
계단을 내려온다

고독한 무게는 욕심을 버릴 때
비로소 내가 보이는 것

홀씨처럼 오르던 지난 시간
꽃피는 겨울 뜨락에서 붉은 향기로
타올라라

선달 꽃살문 열어두려니

납월매

마음이 무너지거든 그곳에
갈 일이다
낙안 벌판 봄, 봄 내리기 전
잔설 내린 음력 섣달
산신각 옆 아린 살점 툭툭 터져
붉게 붉게 꽃물들고
찬 향기 눈부신 꽃길 앞
머나먼 당신 생각에 눈물이
핑 돌더라
추운 겨울, 꽃 피고 지던 자리
내 안에 너 피어

한 통에 전화

아들!

우리 아들
몸만 건강하면 된다
죄짓고서는 두 다리 쭉 뻗고 못 자지만
아들은 심성이 고와 잘살 거야
부디 아프지 말고
건강해야 해
네가 우리 아들이어서 고맙다

그래요
진정 당신은
나의 어미입니다

양어머니의 흐느끼는 목소리에
종일 가슴이 먹먹한 하루였습니다
사랑합니다
어머니,

목마른 여백

허한 늑골에 찬바람이 사납다
무언의 시간이
타다 남겨진 차가운 잿더미처럼
묘연한 엇갈린 순간이 서로를 힘들게 하고
좁히려는 생각으로 하루가 분분하다
몸속, 해동 못 한 얼음 조각처럼
서로가 봄날
햇살 한 줌 기다리고 있는 줄 모를 일이지
차가운 하늘, 담장 저쪽
지키지 못한 마음의 약속들이
미운 가슴에 다가서려는 봄이 차다
겨울내 결빙된 마른논 위
쩍쩍 갈라진 사선 닿는 어디쯤
마음에 폐허 같은 문신을 세겨 놓치는 않았는지
수만 번 스치고 지났을 바람의 자국 위에
혼자서, 혼자서 해동하듯 그 길을 걷고 있다
봄 내리는 새벽 강가
영화로운 물빛이
너의 눈빛 처럼 아름답다

우리 서로

조금
부족하면 어때요

조금
모자라면 어때요

조금
힘들면 어때요

조금
힘겨우면 어때요

서로 기대어
간절한 맘으로 바라보며
기쁜 사람이 되고

작은 것으로부터
사랑과 위안으로 채울 수 있는
우리가 되기로 해요

이사하는 날

지친 하루,
내가 나에게 술을 따릅니다
한 잔의 술에 괜스레 눈물이 나 그냥 실컷 울었습니다
그리고 토닥토닥
내가 내 어깨를 두드리며 이렇게 말합니다
너 잘하고 있잖아!

머물다

물거품처럼 부서졌다
되살아나고
작은 빛 하나로 또 다른 연을 이어
움트는 봄. 봄. 봄

나, 봄길보다 먼저 도착하여
푸른 창공
햇살 가득 담은 곳에서

안개 걷혀 아지랑이 오르는
선연한 봄날
나만의 시간을 끌어안고
작은 돌 틈 사이
들꽃 흐드러지게 핀 이곳에서
조금 쉬었다 가려네

노랑 생강 꽃 시샘하듯
이제 봄이 오나요?

바람에 기대어

갈대는 제 속 비비며 그 소리를 마신다
싸락싸락 파문 일으키는 몸짓
비워서 더 선명해지는 탈속을 위해
내일도 모레도
바람 같은 세상을 살아가는 것이다
속으로 울어야 하는 허물 자국
늪 속 꼿꼿이 이러 서려는
모진 몸부림으로
매딥매딥마다 잃어진 속 빈 소리를

문학 기행 1번지

전남 벌교 중도방죽, 거기 기대서~

갈구하는 침샘

심상치 않다

부름켜의 물오름
움트는 이파리
부풀어 오를 꽃망울
향기마저도

초침이
시작되는 순간
지층 가득 차오르고

필사적인
몸부림으로
지문이 깨어난다

채우려는 모진 형질
영혼이 풀지 못할 마침표
삼월,
그
심장이 뜨겁다

초연超然* 하다

생각에 잠긴 고요
새벽 물빛이 어둠 걷어내고
산자락 닿은 마을은
연기 올라 풍광이 아름답다
마른 벌판은
겨울 끝자락을 토하고
생명을 재촉하는 초순의 봄비,
대지의 민낯이 경이롭다
다가서는 따사로운 촉감
눈감고 위로받는 시간
어디쯤 물오른 초록빛 속살
채워도 채워도 채워지지 않는
생의 빈 그릇 채우듯
내 디딘 땅속, 끝내 솟아오른 저
파초처럼 살다가 가길

*초연하다 - 얽매이거나 아둥바둥함이 없이 마음의 여유를 가진 상태

부활

바람이 실어오는 계절이 내밀하다*

낮고 작아서 울컥 눈 시린 아침
세상사 이야기 궁금하여
마른 기억 가슴속 깊이 박제된 지문을 찾는다
오랫동안 젖어서 허물어진
알,
언제나 속부터 먼저 흥건히 젖어든다
일제히 쏟아지는 봄 햇살 가득 차고
바람 흔들어 꽃잎, 꽃잎이 무심히 떨어진다
꽃피고 진자리마다
흔적 벗기어 숲 이루듯
꿈틀꿈틀 수액을 끌어당겨 여명을 품는다
아름다운 봄날이 선연하다

봄 봄 봄날에
날아오르는 나비 한 마리

*내밀하다 ~ 어떤 일이 겉으로 드러나지 아니하다

복사꽃

신발 속에 꽃잎
발걸음 소리가 그립습니다
붉은 눈물의 흔적처럼
속 타는 사월

나, 흥건히 젖어도 좋을

오목하게 고인 상념이 메마른
시간에 부서져
잔기침에 뒤척이는 밤

발효된 바코드 자국처럼
꾹꾹 눌러진 빗물이 무너진 담벼락에
봄을 게워내고
고요히 꽃망울 피워내는 후미진
골목길
미처 수습 못 한 일들이 또박또박
읽어지는 순간

삶이란 게 꽃잎 지듯
분분히 지나가고
어쩐지, 봄이 아파
이렇게 비 올 줄 알았어

자욱한 안개가 걷히고

풀물 처럼 울컥 울컥 게워내는 호수가

사라진 바람,
짓눌려 얇아진 태양,
불온한 회색빛에 겹쳐 꾸역꾸역 능선을 쌓고
낮고 낮은 자세로 돌아눕는 어귀 산마을은
고스란히 유배당한다
깜박이는 점멸등이 2차선
위에 사그라져
그곳까지
오금 시리게 헤쳐나가는 간절한 몸짓이
자욱한 발작에 어지러웠다
빛 사라진 어느 귀퉁이에서
남겨져 살아내는 내가 아름답다
한낮이 우러른 고해처럼 고요하다
그래 왔듯
하루,
찍지 못한 낙관 앞에 내가 서 있다

허공에 매달려

예리한 꽃샘에 속살이 차다
식은 연기 통의 그림자가 파르르 떨고
불 지피려 바짝 조였던 지층의 품,
세찬 바람
밤새 잔기침을 토하여 뼈 마디마다 핥고서야
그믐달이 지나간다

어느새 천지, 화르르 타오르는
수천만 개 꽃불로 혼절하고
잠시 머물게 한 봄날 봄날이 눈물 그득하다

비스듬히 기울어진 담장
비 스미어
파릇하게 돋는 부추 새싹 예민하다
사는 동안 가슴에 묵정밭 하나쯤 간직하듯
쪽 창 열어 놓은 뿌연 앞산
연분홍 등이 켜지고
나는 또다른 푸른 정수리에 허물을 벗는다

어느 길목에서

봄. 봄. 봄
가는 바람 지나는 나지막한 오후

지나간 기억이 아스라하다

참꽃처럼

참, 잘 어울리는 어귀
포르르 휘날리는 꽃잎

나는 낯익은 길목에서
햇살 한무리 안고 한 그루 나무로 서 있다

녹綠물이 번지면

밑동이 둥근 나무가
초사흘 빗물을 훑고서 연둣빛 속살을 토해낸다
지나간 바람길
꽃 진자리 마다 다닥다닥 매단
여린 물방울
산 꿩 소리 따라 안개구름 피어올라
시선 닿는 눈길마다 그 오묘한 절정에서
풍경 한 장이 매혹적이다
쉽사리 놓고 싶지 않은 종잇장 같은 한나절
해일처럼 밀려오는 저 작은 냉이꽃 무리에서 잡념 솎아내며
마음의 흙을 움켜잡는다
가슴 절절 끓어
꽃 피우려 셀 수 없었던 낮과 밤
종일 흥건히 비 맞아 피었다 진다
시간의 흔적이 진다

자존감

내가 이렇게 기쁜데
당신은 얼마나 더 기쁠까

울컥,
흐르는 눈물

때론
말 한마디가

빙산을 녹이고
태산을 옮길 수 있어요

내 삶의 쉼표

저린 저 난해한 문장의 혀가
바람을 핥아
그늘진 먼지 위로 말랑하게
어둠을 삼킨다
쓰다 눌러진 장판 자국처럼
희미한 언어가 발효되지 못한 채
여백 앞 음습하게 사라진다
물 위,
떠오르기를 거부하는 기억의 촉각
뇌에서 서서히 녹고
맴도는 언어만 가득하다
점점이 홀씨 부유하듯
삶의 필생을 세필하려는 늑골이 시리다
공허를 찾아 메우는
빛 같은 문장의 느낌표
하얀 지층에
채워지지 않는 영혼을 꿰매고 있다

비 보다 더 많은 눈물을

기운 담장에 기댄 나무가 깊이
패인 흉터가 붉다
기대어 온 세월만큼 얼룩진 상처로 저 눈물 위로했을

그런 것이다
누구나 한가지 아픔을 간직하며 한 생 덜어내며 사는 것이다

무너지기도 일으켜 세우기도 한
수많은 눈시울 앞에
어떤 기도보다 간곡하지 않았던가

지그시 바라본다
세상 모두가 물방울처럼
저 무게로 기대며 살아가고 있다는 것을

나도 너처럼

애도艾島(쑥섬)

그곳에는 촛불 같은 새벽이 눈을 뜬다
고요한 섬 자락
꺽 꺽 울다
제풀에 꺾인 파도에 기억 지우며
짜디짠 속울음마저 지워 버린
섬 하나
물 위 오롯이 흔들리지 않고
수만 가지 표정으로 입 꾹 다문 채
병풍을 펼쳐 놓은 섬
오랜 세월 바람길 내어
기암괴석 절경의 섬
시간 앞에
새들은 둥지 틀어 세월 품으며
파도가 할퀴고 간 흔적마다
이내 밤이 오고
한 움큼 선한 풍경으로
젖어드는 섬
노을빛에 목덜미가 붉다

달빛에 감춘 슬픔

등이 굽은 날이면
내 그림자조차 버거워
낯선 공간 속으로 구겨놓고 낡아진
시간을 뒤척인다
어둠으로 가둔 시간
사그라지는 꽃잎처럼 참을 수 없이 슬퍼지는 때
안부 묻는 일도 그 어떤 기별도 없어
시린 내 가슴 속
여린 문자만 빼곡히 채우고
그 쓸쓸함에 선득한 빈방
떨어져 나간 살점의 흔적처럼
덧댄 홑청 이불 위에
진한 눈물 자국만 허허롭다
아릿하게 시리고 아픈
외로운 통증
내 할아버지, 내 아버지가 그랬듯이
아무도 울지 않은 밤은 없었으리라
내 늑골 깊이 감춘

질기게 버텨낸 숫자여

꽃살문

투박한 손길에
지지 않는 또 다른 곡선이 피어나
꽃잎마다 빛바랜 과거가
고스란히 기억되어 은은하다
한 생의 목숨보다
더 오래 깊숙이 박혀있는
홈 자국
낱장마다 향기 가득하여
저만치 거리에서
말갛게 연둣빛 바람이 지나간다
돌아설 수 없는 허기진 벽에
새겨진 밑 그림자
간절한
풍경 터지는 소리
그 먼먼 오래된 향기 마시며
송화 분분한 오후 2시,
꽤 오랜 시간 동안 암자 귀퉁이에서
노승의 체취를 맡으며
납작하게 주춧돌 하나가 누워있다

나무 한 그루

눈을 떴을 때 초로의 봄날은 빈 문을 닫는다
꽃 진자리마다
또 다른 푸름으로 새록새록 깊고
깊숙한 숲,
산허리 지나치다
다시 돌아와 바라보는 한 그루
나무 아래
거기에 내가 서 있고
당신은 온통 초록빛에 눈부시다
싱싱한 수직의 사선 끝
내 어머니 지고한 생애처럼
곧은 나무숲
한나절 꿩이 울고
당신으로 하늘에 우러러
또 다른 푸른 나무로 태어나
나는 지금,
오월 속에 죽어가고 있다
머문 듯 사라지는 세월 앞에

청보리

칼바람 서린 한세월,
긴 고랑
세상 가장 깊숙한 음각 속
한 계절 푸른 살점 떼어놓고
허기져가는 어느 날
가녀린 대궁이 길게 빼고
파란 물결, 새벽 헹구어
비로소 씨앗 남긴 채
그 옛날 풀피리 소리 그립다
인연 끝자락 소록도
어느 작은 공원에서 납작하게
누워 필 닐니리

아아 그리워 목매는

* 소록도에 작은 공원에는 시인 한하운 "보리피리" 시비가 있는데
시비가 세워져 있지 않고 누워져 있다

장미

가시 돋친 빛 망울
은은한 춘정에 옷고름 풀어
서럽게 붉게 눈부시다
눈물 된 여인

비켜서는 시간

새벽빛 능선 닿아
부푼 초록 결로 햇살에 눈 시리다
마른 황톳길,
희미한 낮달이 새겨질 때면
차마 말하지 못하고 떠난 이별처럼
아득히 그 옛날
얼룩진 문양처럼 가슴에 새겨진
생의 무게가 물기만큼 무겁다
걷고 또 걷다 그 어디쯤
부드럽게 자극하는 꽃 향기
청아해
한 세월,
휘어진 바랜 눈시울
아릿하게 나 이곳에 서 있네
아무도 없는 바닷가에
홀연히

고백 / 효진 이야기

잊힐까
차마 지지 못한 낮달 하나
시선 어디쯤
처음 통화하던 순간
심장이
손끝이
떨려 와 그 설렘
평생 다 주어도 모자랄
정녕, 당신은
내 가슴 속 뜨겁게 타는
촛불입니다

빗소리

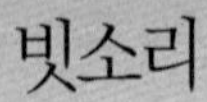

누군가 버려진 바랜 명함 한 장이
빗물에 착 달라붙어
허탈한 체온만 그지없다
비에 젖은 나의 육신 털어 기둥에 걸어두고
가만히 귀 기울여
손바닥에 빗소리를 담는다
내 존재의 소리 찾아

꽃비

숲길 어디쯤
때죽나무 꽃 치렁치렁 비에 젖어
화르르 떨어진다
한 움큼, 그리움 남겨둔 채
떠나는 당신
인생의 봄날
여인은 긴 허물 벗고
여린 초록으로 물든다
그렇게 또
무수히 하얀 꽃비가 휘날리고
지나온 발자국에 빗소리가 고인다
그리운 이여!
안녕,
너로 하여금
숨 막히게 피었다 졌다고

소풍

제 몸 풀어 그 향기 그윽하다
새하얀 눈꽃으로 피어 절정으로 해 맑다
바스러진 찔레꽃처럼
짧고도 긴 시간 한세월 속절없이 애태우다
종잇장처럼 얇아져 억겁의 연 끈질기게 다하다
그 향기 고스란히 남겨두고 화르르 먼 길 어찌 가셨소

그 기억 속에

내가 선 자리
생각은 어느 곳에서 하건 그대로인데
무정한 세월 흘러 강산이 변해버렸네

가난한 시절
지푸라기 태우던 냄새
지금 풍경 속 흔적만 간절함으로 피어난다

고향, 천 번 만 번 불러도
그리운 강릉이란 이름
한 줄 생각마저 지우는 노을에 쓰러집니다

세월 가도 내 몸
그 기억 속 멈추고 싶다

제라늄

온화한
여린 꽃망울에
반해버렸어

무심코 바라본 너
그대가 내게 보내준
선물처럼

맞아

첫눈에
반했다고

난 지금 너에게
고백하는 거야

우리는 알아요

당신이 이별을 고해도 내가 안녕을 말해도 당신 그리고 나 우린 알아요

설령, 우리 인연의 줄이 끊어져도
밤하늘 달을 그리듯 우린 서로 그리워할 거고
나는 낮에 뜬 낮달을 보며 당신을 그리워하겠죠

나의 아침이 오면 당신은 내가 보았던 낮달을 볼 거라는 생각에
내 마음 올려보내 당신께 전해달라고…

당신의 따뜻한 마음
내가 기대어 살아가거늘
우리의 인연 줄 끊어진다고
당신이 내 마음에서 나갈까요

나는 알아요

당신도 살아가면서 내가 이렇게 사랑했던 한 사람이 있었지 하며
날 기억해주신다는 걸

사랑이 식을 수 있겠죠
추억 속에 묻혀버릴 수 있어요
하지만 숨을 거두는 순간까지도
우린 서로 지우지 못해요

그리움의 강 짙어지고 깊어져
우리가 더는 감당할 수 없을 때에

어쩌면 우린 꼭 잡은 손 놓아버릴지도 모른다는 걸

우린 알아요
하지만 당신 향한 사랑은 퇴색되지 않을 것을 나는 알아요

자물쇠

그대
내 마음에 잠기고

나는
그대 마음에 잠기면

자물쇠는
누가 열어줄까?

쉬! 그건

우리만
알고 있는 비밀

숲

오후 4시 36분 빛 잃은 골짜기는
능선 위 얕은 주파수를 찾기 위해
시간을 뒤적이고 있다

남기고 간 그늘은
점점 짧아져 오금 저리듯 붉게 물들어

푸른 한 시절 져
고즈넉이 제 잎 쏟아
마디마다 나이테 새겨

얼룩진 풍경들이 뚝뚝
한 계절 바스러져 날 빛 저문다

꽃은 그냥 피지 않는다

허물을 벗고 눈을 떴을 때는
이미 내가 아닌 다른 내가 태어나고 있었다

또 다른 내가 죽고
태어나기를 반복한 시간

죽어가며 내가 태어나지 않은
내 속에 내가 살아서 우주 속 번데기로 꿈을 꾸고 있었지

천천히 아주 천천히
온몸을 감았다가 풀고
풀었다 다시 감는 생명점 하나

광활한 흙 속
시간의 축이 허물어지고
구겨진 습작들이 꿈틀거릴 때

마침내 바람의 꼬리로
빈 여백 마침표를 찍는다

미소

내가

너의
꽃이 될 때

나는
반달

너는
초승달

섣달그믐

어김없이 동네 아이들은 따뜻한 온기를 찾아
흙마루에 몰려든다

천장에 조롱조롱 매달린 메주는
주린 배를 달래는 간식거리에 충분했다

한낮 온기 내리는 햇살
고드름은 맥없이 뚝뚝 물방울로 사그라지고

돌아서면 가슴 시린 긴 밤
석병 아제는 밤새 내린 하얀 눈발에
처참히 쓰러진 솔가지 짊어지고 거친
숨소리를 마당에 패대게 친다

동짓달 메주는 세월을 갉아먹고
긴 겨울밤 추위에 떨던 노모는 문살 너머
햇살 안고 깊은 낮잠에 허기진 가난을 재운다

그렇게 하루해는 꽃지 듯 사그라지고
한낮 조잘대던 소리는
솔솔 피어오르는 뽀얀 굴뚝 연기 따라 하나둘 사라지고

휭하니 파고드는 겨울바람은 가난을 안주 삼아
막걸리 한주 발로 저녁을 마신다
또 하루 석병 아제는 깊은 꿈속으로 빠져든다

인생은 이유를 묻지 않는다

계절은 어김없이
다가올 또 다른 계절을 준비하며
너에게 빈 가슴을 내어준다

세월은
바람으로 생명의 탯줄을 이어져
지상으로 전부를 넘긴다

그 흔하디흔한 기억 하나조차도 어김없이 계절은
그대 앞에 지문을 남기지 않는다

그저 묵묵히 비우고 비울 뿐

인생이란
비워야 비로소 아름다운 문양을 새길 수 있다는 것을

내 안에 나를 찾아

물길을 찾듯 질주본능으로
미등을 켠 채 그곳으로 향한다

정체 모를 풍경 속 교차점에서
잔영을 몰고 온 바람의 새벽빛은
좁다란 검은 천을 찢고
그곳으로 향해 흐릿한 가을을 옮겨놓았다

억겁의 허공을 맴도는
혼백처럼
나는 또 어디에서 떠돌다
어디로 흘러가야 할 그곳에
방점을 찍으려는지 도무지 알 수 없는
미궁 속에서 허우적거리고 있었다

비질한 눈을 비벼 햇살에 다가가 본다
끝 가을이 남긴 여분의 잎들이
마지막 혼을 불어넣는다

나락이 사라진 논바닥에 그려진 상형문자들
그 뭍에서 내 희망을 광활한 잡풀 속에
생명의 움을 틔워본다

오늘은 그대가 내게

이 세상에서 가장 아름다운
당신을 알던 그 순간부터 그리워졌던
사람

더욱더 볼 수 없어 시간이 흐를수록 깊게 좋아졌던 사람

온종일 시도때도없이 생각나게 하고
항상 내 곁에 같이 있고 싶은 사람

그 사람이 벼랑 끝에 있어도 내가 그대 곁에 함께 할 사람

그래서 당신은 이 세상에서 가장
참 소중하고 좋은 그런 사람입니다

물매화

바람의 향기를
가득 채워
그대 가슴에 물들이고

차곡차곡 쌓인
너그러움 하나로
내 맘
다 내려놓으면

온통 나의 마음은 그대의
하루를 기다립니다

내 안에
오롯이~

괜히

힘내라고
힘 내라고

그 말 한마디

자꾸만
자꾸만
눈물이
났습니다

가슴에
가슴에 묻어둔
미운 세월

핑 도는 눈물

향수

가다가 멈추어서서 그곳에 서성이다
울컥 가슴 멘 문살 안

부뚜막
가마솥 흘린 눈물 한 줌으로
깨진 장독대 밑 패랭이꽃으로 섰다

구구 소리 앞산 메아리 정겹던
산비둘기
세월 따라 어머니곁에 잠들고

휘영청 밝은 달빛
시린 문고리는 누워
기나긴 밤 자락에 얼굴 묻네

가슴으로 기다리시던 아버지는
어디에서 나를 기다리시나
감나무에 걸린 달 외로워

텅 빈 가슴만 붙들고 있네

내 안의 행복

대문 밑

택배 상자 하나
상자 속
시집
두 권

저녁밥 대신

활자로
배
가득 채웠네

여백을 채우다

멍들다
멍들다
채워지지 않는 빈자리
붉은 심장 움켜잡고
시리게 떨구는 눈물

바람도 혼미해지는 낯선 거리
한낮 빨갛게
신호등 술에 취한다

황혼이 스미는 고요 속
가슴을 긁는 노인장
마른기침 소리

절여지는 미열로
시름시름

또다시
가을이라는
병치레 시작되었다

계절의 변방

잎 저물어 우수수 떨어지는 가을은
가는 길목마다 잡을 수 없는 아쉬움이
늘 부질없어
가슴에 먼저 그렁그렁 비 내려
붙잡고 싶어도 가야 하는 세월 앞에
붉게 혼절하듯 쓰러져
발길 채인 아물지 못한 생각이
옴팡지게 아홉 마디 층층 겹쳐
주름져 깊어지는 마음
마무리 못한 생각들만
허공 어디쯤 그 시선에 맴돕니다
성근 별 사라진 시간
쓸쓸히 비 내려
단 한 잎마저 모질게 바람 불어오면
신열 뜨겁게 앓다 바스러져
낡은 안부처럼 계절은 어둠 속
10시를 향하고

탱자나무

영미 집을 막 지나면
길게 늘어진 울타리에는 하얀 탱자 꽃이
가시 사이로 흐드러지게 피고 있었다

어머니는 아픈 어린 자식을
반쯤 허리에 걸치고 숨찬 발걸음에
혼잣말로 속삭이듯 되내기 신다

막내야 괜찮아
곧, 괜찮아질 거야

좁은 길을 지나자
신작로에는 삼륜 자동차가 뒤뚱거리며
먼지를 뽀얗게 천지를 뒤덮었다

어디쯤 지났을까

허름한 간판에 들어선 곳은 시골 어느 작은 병원
대충 천으로 감은 손에 소독약이 발라지고
마취주사로 급히 조치를 한다

어이구 어쩌다 이렇게 다쳤는고
쯧쯧…
반쯤 걸친 안경 넘어 의사의 주름이
세월을 비켜간다

어린아이는 울음을 참지 못하고 엉엉 소리친다
그래 잘 참았어
붕대가 고사리 손을 다 감길 즘,
그때야 어머니는 안도의 한숨을 내쉰다

돌아서 오는 길
어머니의 가슴은 얼마나 검게 탔을까
새겨진 손등의 상처 자국은
어린 시절 아픈 추억이지만

영미 집을 떠오를 때면 탱자나무 꽃은
가시 박힌 하얀 아픈 그리움이다

그때의 어머니 따뜻한 체온은 얼마나 따뜻했던지…

아리고 아린 한 줄기 바람 같은 세월 앞에
여린 자그마한 꽃 그림자는
영미 집 섬들을 지나는 중이다

제목 없는 글

비릿한 바닷바람이 허공을 가로지르는
허름한 벤치 위
한 노인네는 개미를 응시한 채
담배연기를 뿌끔뿌끔 내 뿜는다

빛바랜 색채
두껍게 뒤집어쓴 아파트 지붕
환풍기 소리 요란스럽다

살아간다는 건 노란 신호등의 찰라,
긴장의 연속이다
오늘 하루도 채색 빛
하늘이 묵직한 소나무를 향해
긴 하품으로 시작한다

지나간 것들을 잊어버리자
그래야 비로소 내가 보이는 것

굽은 무말랭이 돗자리 위 노을도 숨어버렸다
한 줄의 문장을 찾기 위해 얼룩진 고뇌
또 다른 이 밤 안부를 묻는다

시간에 기대어

한 줌 바람으로 세상에 왔다네

내 그림자 빈 잔에 스미어
호탕하게 한바탕 웃다
잠시 잠깐 꿈인 듯 피어

한평생 몇 줄의 문장이 모잘랐던
시인의 비애같이
결국 움켜쥐어도
하나도 남김없이 놓아버리는걸

회억回憶*

허공 끝에
매달린 나지막한 몸짓

가녀린 꽃향기는
햇살 한줌 거두어

비워 두었던 마음에
수를 놓으면

소리 없이
계절은 익어가

속주머니 곱게 접어둔
추억 하나 꺼내어

만지작
만지작

*회억 - 돌이켜 추억하는 것

아버지

그리움 한평생 채우신
그 자리

뒷모습에서 벼 이삭 여물어갈 때
황금빛으로 물든 새벽이 오네요

들판 끝에서 왔다가
끝으로 사라지는 하얀 그림자

바람 안고 휘어진
긴 세월

밤새 눈물로 달래었던
도랑 가마다
눈물 자욱이 얼룩얼룩 여미어 있지요

그래서
당신은 그리움입니다

서러워 곧 울어버릴 머나먼
텅 빈자리
불현듯 떠오르는 얼굴

혹여, 꿈에서라도 만날까
꿈을 꾸기 위해 잠들지요

여로旅路

사람을 만남에

좋은 사람
따뜻한 사람을 만나는 것은
당신이 따뜻하기 때문입니다

소중한 사람을 못 만남은
상대의 생각을 헤아려보지 못했기 때문입니다

그러므로
스스로가 진실된 마음이 필요합니다

비롯 인생의 길에서
조금 느리고 힘들어도 나 자신을 잘 알기에 나의 용기에 진심으로
응원의 박수를 보냅니다

이제는 마음이 따뜻한
가슴 가까이 다가설 수 있는 사람을
만나고 싶습니다

그 사람이 바로 당신입니다

잔대

담자색
다소곳 몸짓하나

뉘 부르려
주섬주섬 몸을 지피는가

목이 긴 세월

홀로 다가서는
계절

시련에 굴하지 않고
오롯이 가자 하네

그리운
가을 속으로

댕그랑댕그랑

바보라서 행복해요 / 효진이야기

지금
몇 시인가요

왜 이리도
시간이 안 가는 가요

그대라는 이름에
무슨 일을 할 수 없어요

온몸 세포가
바보로 물들었나 봐요

어쩌면
어찌하면 좋아요

몹쓸
사랑이란 병

- 효

바보라서
두근거림이 좋았어요

환하게 웃음 짓던
당신의 모습을

초록 잎 하나로
부끄러움 몰래 숨기고

이유 모를 설렘으로
심장이 요동쳐오고

붉은빛 열망 하나로
그대 앞에 서던 날

거부할 수 없는 마음 한 곳

몹쓸
사랑이란 열병

- 진